KB089883

한없이 사랑하는
내 운명의 사랑아!

한없이 사랑하는
내 운명의 사랑아!

고윤석

뱅크북

목차

제1부 한없이 사랑하는 내 운명의 사랑아!

제 2 부 님을 향한 마음

제 3 부 쾌락 적응 (Hedonic adaptation)

제 4 부 영혼결혼식靈魂結婚式

제1부
한없이 사랑하는 내 운명의 사랑아!

나의 사랑 당신은…
그녈 사랑한다면…
내가 있기에 당신도 행복한 거죠!
저의 사랑이 되어주세요!
제 사랑을 받아주세요!
한없이 사랑하는 내 운명의 사랑아!
바로 너이기 때문에
Stand By You Man
치명적인 사랑
짝 사랑
기쁠 때나 슬플 때나
철이 든 사랑!
남자친구
행복하다니… 그나마 다행이다
수컷들은
모든 걸 주어도 난 갖질 못하는
내 남편의 사랑
확인받는다고 채워지지도 않으면서…
위로도 한두 번이지…
달콤 쌉싸름한 인생

나의 사랑 당신은…

삶이란 그래도
살아지는 것이라고 생각했던 내게

삶도 선택일수 있다는 걸
너는 알게 했지

그런 내게서 너를 빼면
대체 뭐가 남아 있을까?

눈물겨운 사랑이여
더는 아프지 마요!

당신은 내게 생령 生靈을 불어넣어 준
빛이며 희망입니다.

그녈 사랑한다면…

왜 말이 없고
그렇게 우울하냐고요?

굳이 알려고도
이해하려고도 하지 마세요

그냥 안아주며
보듬어주세요.

체온으로 온전히 전해오는
당신의 사랑에

또다시 하루를 살아갈
새로운 용기가 생기니까요.

사랑받는다는 느낌만으로도
충분하니까요

비교되어 짜증 나고
더욱 초라해지는 날엔…

내가 있기에 당신도 행복한 거죠!

행복이란?
누군가가 가져다주는 것이라고
착각하며 살고 있죠.

그리곤
부모 탓, 자식 탓
남편 탓, 세상 탓을 하며

가장 사랑하는 사람들을
미워하고 저주하며
인연을 끊기까지 하죠.

행복은
상대가 주는 것도
신이 주시는 것도 아닌데

무릎이 닳도록
때론 손바닥이 닳도록
매달리고 애원하곤 하는 것이죠

존재 자체만으로도 힘이 되고
위로가 되는 당신!
당신은 행복한 사람입니다.

내가 당신으로 인해 행복하듯
내가 있기에 당신도 행복한 거죠!

저의 사랑이 되어 주세요!

'당신은 웃는 게 젤 이뻐요!'

제아무리 우리들의 앞날이
어둡고 긴 시간의 터널 속을
불안 속에 걸어가는 거라지만

존재 자체만으로도 힘이 되고
위로가 되는 사람아!

곤궁한 생활 속에서도
당신은 내 속에 가득 차
힘이 되고 행복하답니다.

"진리가 너희를 자유롭게 하리라!"

이제부터는 나의 사랑이
당신의 영혼을 자유롭고
행복하게 할 것입니다.

당신은 웃는 게 젤 이쁩니다.
저의 사랑이 되어주세요!

제 사랑을 받아 주세요!

방관자적인 삶을 살아온
고통뿐이었던 내 인생에

당신과의 만남은
살아야 할 이유였고
크나큰 은혜였습니다

그래서 절대 바뀌지 않을
그동안의 제 본성들도
당신 앞에선 무릎을 꿇었습니다.

남겨진 앞으로의 제 인생을
더는 후회하고 싶지 않습니다.
제 사랑을 받아주세요!

더는 당신이
다른 사람 만나는 거
못 보겠습니다

한없이 사랑하는 내 운명의 사랑아!

어쩔 수 없는 선택이었고
최선의 결정이었지만

자책에 자책이 더해질수록
그 일은 감당하기 어려워지고

컴퓨터같이 저장된 기억이라면
쉽게 지워질 수도 있겠지만

너무 깊이 심장에까지 새겨져
무의식이 되어버린 너는

나의 굳은 의지로는
결코 지울 수가 없다

한없이 사랑하는
내 운명의 사랑아!

너를 사랑하는 일엔
그 끝이 없구나….

바로 너이기 때문에

이기기 위한 게 아닌
그저 살아남기 위해
전쟁 같은 삶 속으로
또다시 이 한 몸 내던지듯

유전적으로 내게 프로그램 된
너와 우리 가족을 지키기 위해
숨 막히는 삶 속으로
오늘도 지친 몸을 내몬다.

임계점에 도달할 만큼 노력을 하고
건강을 해칠만큼 자신을 몰아세우는 것도
가족을 사랑하는 일에 한계가 없는
이 시대 가장(家長)들의 운명이듯

나에게 있어 한계가 없는
사랑하는 일의 그 운명은
바로 너이기 때문이다.

Stand By You Man

Tammy Wynette / Carla Bruni

가끔은
여자로 산다는 게 쉽지 않죠

별도 달도 따줄 것처럼 장담을 하지만
남자라는 수컷들이 그래요

이해할 수 없는 행동들을 하면서
여자들을 힘들게 하죠!

하지만 어쩌겠어요?
당신이 사랑하는 남자인걸요.

지치고 외로울 때 쉴 수 있는
따뜻한 둥지가 되어주세요

줄 수 있는 모든 사랑을 주면서
당신의 남자 옆에 힘이 돼주세요.

덩치만 큰, 그 안에 웅크리고 있을
작은 영혼을 보듬어주세요.

그러다 보면 어느덧
당신 만에 든든한

버팀목이 될 거예요.

치명적인 사랑

비가 오니 네가
더 간절히 생각난다

즐거움보단 편안함이
더 행복임을 깨닫게 된 지금

애달팠던 간절함이 지나쳐
그때의 사랑도 모두 소진된 줄 알았는데

꼬리를 무는 그리움의 연쇄반응은
죄책감에 미친 듯 가슴을 요동친다

욕망과 사랑을 구분할 수 없었던
치명적이었던 우리 사랑!

나의 어리석고 서툴렀던 사랑이
너의 행복에 밑거름이 되길…

간절히 소원所願한다.

짝사랑

올 사람이었다면 벌써 왔겠죠?!
더 이상 이제 오지 않을 겁니다

이제 그만 그 기억을 버리고
그 사랑을 놓아주세요

그 맘이 완전히 소진된다면
익숙해지거나 잊히겠지만

그때까지 붙들고 기다리기엔
당신이 더 소중하니까요

후회할 시간조차 아까운 인생에
당신은 그 누구보다

제게 더 소중하니까요.

기쁠때나 슬플때나

인간을 목적이나
수단으로 보는 세상 속에서

본심을 알아주고 믿어준
유일한 사람이었기에

사랑이라는 이름의 목숨 건 여정을
너와 꼭 하고 싶었던 거지

이미 맘속에 스며들어
내 종교가 되어버린 사람

너로 인해 내 삶이 풍성해졌듯
익숙하고 따뜻한 편안함으로

우리에게 허락된 시간까지
너만의 안식처가 되고 싶어!

신성한 하나님의 법률에 따라
사랑하고 아낄 것을 서약합니다.

한 없이 사랑하는 내 운명의 사랑아

철이 든 사랑!

기억을 하나하나 곰곰이 더듬어도
이젠 떠오르지 않는 희미한 얼굴

삶의 전부가 무너졌었던
젊은 날의 열정은 사그라들었어도

어김없이 이 계절이면 불현듯
가슴 베인 상처로 아려오는 너

마음이 많이 가 있으면
꿈에라도 나오는 법인데

죽음과 더 가까운 삶을 살아야 하는
남겨진 자의 슬픈 운명을 너는 아는지…

그곳에서는 더는
절대 아프지 마오

고통과 아픔은 이곳에서 내가
모두 짊어질 테니…

남자친구

당신의 노력 부족을
속물이라는 말로 매도하지 마세요.

물론 열 가지 다 가지고 있다면
더할 나위 없이 좋겠죠.

당신을 사랑하게 된 이유 한 가지만으로도
여자들은 잡은 손을 놓지 않는답니다.

투정 부리고 섭섭하다 화내는 것도
토닥토닥 마음을 알아달라는 것이죠.

먼 길을 돌고 돌아 드디어 만난 나의 사랑
나한테만 좋은 사람이면 좋겠습니다.

모든 여자들에게 좋은 남자는
하나님 한 분이면 충분하니까요.

행복하다니… 그나마 다행이다

결국 상처받기 싫었던
이기심 때문인 거죠.

사랑하면서도 나를 고집했었던 것과
떠나는 그를 잡지 않았었던 것까지…

언제나 기대했으면서도 어설픈
공기조차 낯선 우리의 만남!

나도 내가 마음에 안들 때가 많으면서
왜 그를 내 맘대로 바꾸려 했는지…

그런대로 행복하다는 그의 모습을 보며
내 속에 간직했던 그를 지우기로 했습니다.

내 속에 추억이란 이기심으로 갇힌 사랑을
더는 힘들게 하고 싶지 않기 때문입니다.

"날 사랑하기는 했었던 거니?"
미안해! 널 진심으로 사랑했었어!

수컷들은

남친 하고의 감정싸움에 매몰되어
변하려 노력하는 그의 마음을 외면하지 마세요.

본인 힘든 거만 말하지만
그 사람도 힘겹게 맞추고 있는 겁니다.

확인하고 또다시 확인하고
불안하서서 목매는 거 잘 압니다.

사랑해달라고 울부짖는다고
젖 주듯 사랑해 주는 게 아니잖아요?!

벽에 대고 말하는 것처럼 답답하겠지만
원래 남자들은 공감능력이 떨어집니다.

심술 난 사내아이 다루듯 살살
적당히 칭찬도 하면서 구슬리세요.

남자들은 애나 어른이나…

모든 걸 주어도 난 갖질 못하는

"잡은 물고기 밥 안 준다고요?"
안 돼요 큰일 납니다!
결혼하면 지금보다
더 좋고 훨씬 행복할 거라는
희망과 부푼 꿈에 결혼을 하는 겁니다.

게다가 함께할 사람이
다름 아닌 당신이기에
더더욱 그런 거고요.

결혼하게 되면 연예 때보다
그녀에게 더 잘해주세요
사랑이나 결혼은
절대 갑을 관계가 아니고요
당신과 생(生)을 함께할 사람입니다.

아껴주세요!
나아닌 당신이 옳은 선택이었음을
살면서 사랑으로 증명해주세요.

내 남편의 사랑

세월 따라 갈수록 무거워지는 몸
모성으로 버티기에도 힘든 고단한 하루

조금씩 흐트러져 올라오는 앙금처럼
의심하고 또 의심하게 되는 현실

겉으로는 희망을 이야기하지만
떨리는 눈에선 불안함을 감출 수 없죠

하지만 이따금 날 바라보는
당신의 그윽한 눈빛에서

아직도 날
가족이 아닌 여자로 봐준다는 걸

그래서 이 세상에 한 여자로서
최고의 사랑을 받고 있음을

소중히 감사하고 있습니다.
오롯이 내 것인 당신에게서…

한 없이 사랑하는 내 운명의 사랑아

확인 받는다고 채워지지도 않으면서…

자기 절제와 통제
사랑에 눈이 멀면
참으로 어렵겠죠.

긴 외로움의 끝에
드디어 만난 그대라면
더더욱 참기 어렵겠죠.

하지만 사랑을 이루려면
오랫동안 행복하려면
절제와 통제는 필수입니다.

마음이 앞선 헌신이
헌신짝이 돼버리고

믿음의 대상인 사랑이
집착과 투정이 되기도 하는 건

감정만이 사랑인 양
착각하기 때문입니다.

감정이 뜨겁지 않아도
노부부는 사랑하고 있는 겁니다.

위로도 한두 번이지…

밥도 뜸 들일 시간이 필요하듯
불안이 불신을 낳는 것이지
그 사람이 그런 건 아닐 겁니다

누구의 생각이 맞고
틀리고의 문세가 아니라
처한 입장과 생각이 다를 뿐이죠

권태기를 현명하게 극복해야
비로소 사랑도 완성이 되듯
사랑에 일부러 시련을 가하지 마세요

사랑에 대한, 상대에 대한 이해 없이
조바심에 사랑받으려고만 하기에
예민해지고 집착하게 되는 겁니다

여자들이 공감을 먹고 살 듯
당신의 칭찬에
남자들은 사랑으로 보답할 것입니다

사랑에도 전략이 필요합니다

달콤 쌉싸름한 인생

사랑이나 결혼도 결국은
행복해지기 위해 하는 겁니다

이험한 세상 혼자보다는
그래도 둘이 나으니까요

이성적으로 생각하고
합리적으로 판단하지 못하는 건

그 일에, 그 사람에
집착하기 때문인 거죠

큰 다툼 없이 잘 지내고 있다면
잘 살고 계신 겁니다

눈에서 꿀 떨어지는 시간도 잠깐이죠
인생에 정답은 없으니까요

제2부
님을 향한 마음

여우같은 마누라?

"당신이 그렇지 뭐!"

살아간다는 것에
몸과 마음이 지치는 나이가 되니

말 한마디에 섭섭하고
괜히 상처받더라고요

돈 드는 것도 아닌데
말본새하고는…

이쁘게 말해주면 좋으련만
그래도 한때는 사랑했던

당신 남편인데ㅎㅎ

이해가 없는 사랑은 폭력

그 사람 아니면 안 된다는 생각
저항할 수 없는 갈급한 渴急 고통

당신이 진정 사랑하고 있는 건
그 사람이 아닐 수도 있습니다

반드시 그 사람이어야 하기에
꼭 내 사람으로 만들겠다는 독선이

감당하기 힘든 부담에 선뜻
당신을 받아들일 수 없는 것이죠

간절함이 지나쳐 집착이 되어버린
사랑이란 이름의 탈을 쓴 거짓 감정들

자신도 주체하기 힘들어 고통받는 감정을
상대가 받아주길 강요하고 있으니…

열병처럼 관념화되고 세뇌된 사랑은
격정적이고 미칠 듯 뜨거울 거 같지만

실제로는 지루할 수 있는 하찮은 일상들을
당신이기에 함께할 수 있는 용기입니다

특별나고 싶지만 실제로는
그냥 평범한 우리에게는요

모성이란 불공정거래

세세한 것 하나까지
배려하고 맞춰주면서

온 힘을 기울여 헌신을 다해도
자꾸만 불안해지는 건

말도 안 되는 자기합리화로
진실에 눈을 감기 때문이다.

믿고 싶은 것만 믿는 게
인간의 속성이라고는 하지만

사랑한다는 이유로
아이들을 통제하려 하는 건 아닌지

사랑받고 편안한 것도 중요하지만
내 자식이라도 존중해야 하는 것을

차라리 한 발짝 물러서 지켜봐 줌이
사랑이 담긴 그윽한 눈길로…

사랑은 죄가 아니지…

서서히 점점
제정신이 아닌 상태로
미쳐가고 있습니다

놓아주고 잊어야 한다고
매 순간 수없이 다짐을 해도
마음은 어느새 제자리인 걸요

자기 합리화이고
머리로는 천 번 만 번
아니라고 하지만

그 사람 아니면 안 되는 나는
이 사랑에 한번
이번 생(生)을 걸어볼까 합니다

상처가 될지 축복이 될지
두렵기도 하고
가슴이 찢어지게 아프지만

그의 작은 배려와 호의에도
가슴이 무너져내리고
심장이 녹아내리는 나는

그 없이는 안되기 때문입니다

사랑만 하기에도 시간이

맞아요!
세상에서 내가 제일 괴롭고
내가 제일 힘들죠

하지만 사랑이란 것도
결국은 하나의 인간관계

상대에 대한 최소한의 배려와
존중이 필요합니다

얼마나 좋아하고
진짜로 사랑하는가의 문제가 아닌
인간에 대한 예의 문제죠

지금은 온전히 당신 편이 되어주고
헌신하며 맞춰가지만

어느덧 그 사람도
당신에게 지치게 됩니다

이해와 배려가 없는 건 사랑이 아니듯
서로 아끼며 존중하십시오

그는 당신의 짜증과 투정을 받아내는
감정의 쓰레기통이 아닙니다

잔인하지만 내수준이 내 사랑의 수준

그럼에도 불구하고 사랑한다
보기에는 참 멋있는
그런 사랑을 하는 거 같을 겁니다

하지만 사랑받을 준비가 되어있고
사랑받을 자격이 있는 사람에게
헌신을 해도 하는 겁니다

이상한 사람에게 집착하면서
바보 같은 짓들을 합리화시키려
애써 사랑으로 포장하지 마십시오

자기부정에 빠지고 싶지 않겠지만
을(乙)을 자처하며 헌신을 쏟아부어도
당신의 결핍을 결코 채울 순 없습니다

학교에서 가르쳐주진 않지만
사랑하려면 먼저
사람 보는 눈을 키워야 합니다

그래야 내게 맞는 좋은 사람 만나서
사랑도 하고 결혼해서
알콩달콩 살게 되는 겁니다

돈 보다 사랑을 선택했다면…

사랑하기에 안고 가기로 하고선
감안하고 연애하는 거면서

그 문제에 섭섭하다
자꾸 투정을 부린다면

그건 욕망이고 욕심이지
사랑이 아닌 겁니다

비논리적이고 비합리적인 것까지
받아주고 이해하는 게 사랑이라지만

말도 안 되는 것이 말이 되는 게
제아무리 사랑이라지만

부모 닮아 공부 못하는 거
애들도 마음은 전교 1등이고 싶은걸요

사랑하는데 마음이야 다해주고 싶죠
없어서 못 주는데 어떡하겠어요?!

하필 당신을 내 사랑하기에
더 마음이 아프고 찢어집니다

어느날 문득 사랑은 떠나지 않는다

자신의 모든 걸 포기하고
기꺼이 희생할 만큼

국경도 넘고 숭고하기도 한
열정적이고 몰입된 감정

사랑은 감동이며
인생의 선물 같은 존재입니다

하지만 헤어지자는 말 한마디에
모든 것이 다 정리되고 끝나버리는

불안하고 불안정하기에
더 끌리고 매력을 느끼는 관계

사랑은 자만하지 말고
조심하고 배려해야 하는 관계입니다

당신이 버린 사랑을
기꺼이 다른 사람이 주워가 아끼는

있을 때 잘하세요
사랑은 당신 하기 나름입니다

님을 향한 마음

담을 수 없기에 더욱 애달픈
혼자서 자꾸만 커지는 마음

닿지 못하기에
맘 한구석이 항상 많이 아픈

사랑하는 사람이여
온전한 내 편이 되어주세요

당신으로 인해 내 삶이 풍성해지고
행복이 가슴 가득 차오르듯

내 사랑으로 인해 당신의 삶도
위안과 행복이
충만하길 바라기 때문입니다

쉬이 그만두기 어려운 인연이기에
마음은 참 아름답지만 아픈 사람

제 운명이 되어주세요
당신은 나를 쫓아낼 수 없습니다

사랑합니다
이제 그만 이맘을 받아주세요

배려와 간섭의 모호한 경계

그 사람의 일방적인 이해와 배려를
자신의 권리로 착각하지 마세요

말하면 들어주고 고치려 하고
최대한 맞춰주는 건
당신을 사랑하기 때문입니다

사랑의 또 다른 표현인 헌신을
힘들고 지치게 하지 마세요

더 많이 사랑하는 사람이
칼날을 잡는 거라고는 하지만
당신이기에 주저하지 않고 잡은 겁니다

사랑하는 일에 어찌 임계점이 있겠냐? 만은
뭐든 쌓이다 보면 언젠가는…

이별보다는 이별하고 싶지 않기에
슬픈 것이듯 너와의 이별도
너이기에 더 슬픈 것이다

너에게 이르는 길

부질없음을 알면서도
잡으려 했던 건
네가 아닌
내 자존심 때문인지도 모른다

사랑이라 믿었던 너에게조차
감당하기 어려운 존재였다는
발가벗겨진 진실에
덩그러니 버려졌기 때문이다

사랑했기에 떠난다는
무책임한 말은 더는 하지 말아 줘!
너를 고집했기에
네게 갈수 없었던 나는…

지금도 절절히 너 하나만
사랑하고 있으니까

여자라는 동물은…

왜 말이 없고
그렇게 우울하냐고요?

굳이 알려고도
이해하려고도 하지마세요

그냥 안아주며
보듬어주세요.

체온으로 온전히 전해오는
당신의 사랑에

세상에 나아갈
새로운 용기가 생기니까요.

사랑받는다는 느낌만으로도
여잔 충분하니까요

내게 남은 건

오늘 단 하루만이라도
모든 것을 잊고

당신과 나의 사랑에
취하기로 해요

그 어떤 미래가
또 우리 사랑을 괴롭힐지

우린 모르지만 이미 그건
중요한 문제가 아닌걸요

당신을 사랑한 깊이만큼
애태웠던 우리 사랑

이미 검고 추한 나의 사랑이지만
재가 되어 바람에 사라진다 해도

당신을 사랑한다는 것만은
진실로 남아 있으니까요

견디어 낼 수 있어요!

일상에 찌들어
"꼭 이렇게 살아야 하나!" 하고
허무하기만 할 때

나로 인해
행복했던 순간이 있었음을 기억해 내곤
한순간 미소 지을 수 있으시다면

뜬눈으로 밤을 새우고
슬픔에 지쳐 겨우 잠드는
지금의 이런 이별의 아픔도

견딜 수 있어요
견디어 낼 수 있어요!

당신 심연의 마음
한 쪽 구석진 자리라도
차지할 수 있다면…

그대 그거 몰랐었죠? 3

그대 그렇게 빈말이라도 제발
죽고 싶다는 말만은 하지 마세요

얼마나 오랜 기다림 끝에 만난
나의 그대인데

날 위해서라도 힘들겠지만
다시 한번 힘을 내세요

그대 그거 몰랐었죠?

그대를 알기 전 나에게 세상이란
견디기 힘든 의무로만 주어졌죠

그러던 내가
누구 때문에 이렇게

세상을 아름답게
소중하게 느끼게 되었는데요.

한 없이 사랑하는 내 운명의 사랑아

사랑에 뭔가 남는다는 건…1

후회가
남는다는 건

미련이
남는다는 건

부족했던
사랑 때문이다

많은 시간
다른 길을 살아온 두 사람이

사랑이라는 이름으로
하나가 되기 위해선

자신의 굴레를 허무는
아픔이 있는 것

상대를 감싸주며
서로의 힘이 돼야 하는 것을…

사랑에 뭔가 남는다는 건…2

상처가
남는다는 건

아픔이
남는다는 건

이기적인
사랑 때문이다

서로 다른 환경 속에
다른 삶을 살아온 두 사람이

특별한 인연이며 관계인
사랑이 되기 위해선

자신이 먼저
반쪽이 되어주는 희생이 필요한 것

따뜻한 시선으로
관심과 배려를 해야 하는 것을…

사랑에 뭔가 남는다는 건…3

추억이
남는다는 건

상대의 행복을
바란다는 건

엇갈린
사랑 때문이다.

인연이 되길 원했고
불같이 사랑을 한 두 사람이

사랑으로
서로의 운명이 되기 위해선

세상에 당연한 게 없듯
항상 노력이 필요한 것

언제나 감사하는 마음으로
존중해야 하는 것을…

갱년기의 사랑

굳이 긁어 부스럼을 만들고
스스로 자처한 건 아닌지

내 감정에만 몰두하고
외면이란 폭력으로 상처 준 건 아닌지

그동안 삶의 속박에
힘들고 지쳐서 섭섭했던 겁니다

일순간 몰입된 감정들이
자존심 문제로 비화된 거죠

젊은 날의 사랑의 열정이 식었기에
회의懷疑와 의문이 들곤 하겠지만

단점까지도 기꺼이 수용되는 지금이
진짜 사랑하고 있는 겁니다

더 좋은 사람 있다면 보낼게요

결국 당신 자존심 하나
세우자는 거잖아요?

너무 인색한 잣대를
내 사람에게 들이대지 마세요

후회가 남더라도 선택이시라면
그땐 때려치워도 좋습니다

하지만 조금만 양보하신다면
감정의 벽도 쉽게 허물어질 겁니다

순간 후련해지려고
감정의 밑바닥 끝까지 가지는 마세요

작은 거에 집착하면
큰 것을 잃게 되는 법이니까요

호강에 겨워
제발 요강을 깨진 말아주세요

묵묵히 제자리를 지키는 것도
당신을 사랑하기 때문입니다

제3부
쾌락 적응(Hedonic adaptation)

도브 콤플렉스(Dover Complex)
전환 비용(Switching cost)
수확체증의 법칙(Increasing Returns of Scale)
수확체감의법칙(Diminishing returns of scale)
한계효용의 체감 법칙(the law of diminishing marginal utility)
쾌락 적응(Hedonic adaptation)
방어기제(defense mechanism)
무드셀라 증후군(Methuselah syndrome)
자기 충족적 예언(Self-Fulfilling Prophecy)
본말 전도의 오류(인과 혼동의 오류)
성급한 일반화의 오류(fallacy of hasty generalization)
스노비즘(snobbism)
피그말리온 효과(Pygmalion effect)
학습된 무력감(Learned helplessness)
스톡홀름 증후군(Stockholm syndrome)
청야전술(淸野戰術)
리플리 증후군(Ripley syndrome)
일반화의 오류(Generalization error)
뮌하우젠 증후군(Münchausen syndrome)
스티그마 효과(Stigma effect)
줄리의 법칙(Jully's law)
양가감정(ambivalence)
인지 부조화 원리(Cognitive Dissonance)
사바나 원칙(Savanna Principle)
더닝-크루거 효과(Dunning-Kruger effect)
언더 도그마(Underdogma)

도브 콤플렉스
(Dover Complex)

"아유, 이런 새대가리야!"

조류 중에서는 그래도
비둘기가 지능이 높다고 합니다

하지만 새대가리라는 말은
결국 생각이 없다는
돌대가리라는 욕으로 쓰이는
질타의 용어죠

헌신적이면 헌신짝처럼 버려지고
호의가 계속되면 결국 권리로 착각하는
인간의 오만함을 왜 모르는지…

남자라는 수컷들에게

너무 많은 것을 바라지 마세요.
정말 속이 까맣게 타서 죽을지 몰라요
ㅋㅋㅋ

참 그리고
조류(鳥類)의 사랑을 하지 말고
영장류의 사랑을 합시다.ㅎㅎ

(definition)
수컷에게 지나치게 헌신적인 암컷 비둘
기가 그 사랑에 힘겨워 일찍 죽는다는 것
입니다.

은희경의 소설 '명백히 부도덕한 사랑'
에서 이 '도브(dove) 콤플렉스'를 통해
사랑의 폭력성을 문제 삼았다고 하는군
요.

전환 비용
(Switching cost)

그와 이별(이혼)을 하지 못하는 것은
미련이나 정(情) 때문이라는 건
변명일 뿐이지…

귀찮기도 하고 두렵기도 하고
용기가 없는 거야!

안 된다는걸…고쳐지지 않는다는걸…
네가 더 잘 알잖아?!

(definition)
현재 사용하고 있는 재화가 아닌
다른 재화를 사용하려고 할 때 들어가는
비용을 말한다.
금전적인 비용뿐만 아니라,
개인의 희생이나 노력 등
무형의 비용도 포함한다.

수확체증의 법칙
(Increasing Returns of Scale)

사랑은 일시적인 성욕을 채우기 위한
노력이나 감정이 아니지

상대의 행복을 위해
책임을 다하는 것
그게 진정 사랑인 거지…

문제는 그걸 알아주고 받아줄 상대를
아주 잘 골라야 한다는거야 ㅎㅎ

정말이지 이상한 애들이 너무 많거든?!

사랑에 실패한 사람들은
새로운 사람을 만나도
또 그런 성향의 사람을 만나더라고

(definition)
투입된 생산요소가 늘어나면 늘어날수록
산출량이 기하급수적으로 증가하는 현
상, 지식기반경제에서 통용(추가 비용 거
의 들지 않음)

일단 시장에서 성공한 제품이나 기업은
계속해서 성공할 수 있는 반면
한번 실패한 제품이나 기업은
계속해서 실패하게 된다.

수확체감의 법칙
(Diminishing returns of scale)

그래! 사랑한 만큼 그 마음이 전해져
우리 사랑도 커질 거라고 생각했던 것은
처음부터 잘못된 착각이었던 거야!

그러니까 너무 내 남자에게 헌신하지 마!
헌신하면 헌신짝처럼 버려진다는
속설이 있듯 ㅋㅋ

적당히 긴장은 타야지?!
(남자라는 동물은 원래 헌신하는 게 아니
야! 아주 지 잘난 줄 알아요)

(definition)
자본과 노동 등 생산요소가
한 단위 추가될 때

이로 인해 늘어나는 한계 생산량은
점차 줄어든다는 것을 의미한다.

즉 생산요소를 추가적으로
계속 투입해 나갈 때
어느 시점이 지나면
새롭게 투입하는 요소로 인해
발생하는 수확의 증가량은
감소한다는 것이다.

한계효용의 체감 법칙
(the law of diminishing marginal utility)

(Case one)
당신이 떠나간 그 사람을 잊지 못하는 것
은 그 사람을 가슴에 간직하고 있는 것은

가장 간절한 시기에
가장 순수했던 당신과
함께했던 사람이기 때문입니다.
(서로의 치부까지 알 정도로
순수한 열정이었으니까…)

(Case two)
인생의 전부였던 그 사랑도
시간이 지나 절실함이 덜해지면
당연한 권리인 양 함부로 할 때가 있지

있을 때 잘해! 그나마 그 사람이니까
너 비위 맞추는 거야!
(호의와 배려를 권리로 착각하지 마!
ㅋㅋ)

(definition)
어떤 사람이 동일한 재화나 서비스를
소비함에 따라 느끼는
주관적인 만족도(혹은 필요도)가
점차 감소한다는 것이다.

예를 들어 갈증이 있는 사람이 물을 마실
때 첫 모금에서 느끼는 만족 즉 효용은
가장 크고 마실수록 점차 감소하게 된다.

쾌락 적응
(Hedonic adaptation)

가랑비에 옷이 젖듯
탁자 위에 먼지가 쌓이듯
사랑은 그렇게 아주 사소하고 소소한
꾸준히 반복되는 작은 긍정!

익숙해지고 편안해진
너와 나의 구분이 모호해진 우리 사랑에
권태기라고,
애정이 식었다고 하지 말자!
(나중에 울고불고 매달리고 후회하지 말
고 있을 때 잘해~~~?!)

주위에 보면 좋아 미치겠다는 애들 있지?
그건 사랑이 아냐!(신경전달 물질의 폭
주)

그냥 미친 거지… ㅋㅋㅋ
두고 봐봐 진짜지!

(definition)
아무리 좋은 일이라 할지라도
어느 정도 시간이 지나면

일상이 되어버려서
더 이상 특별한 감흥을 느끼지 못하는
인간의 특성!

방어기제
(defense mechanism)

사람들은 옛사랑의 추억을
이야기할 때면 (특히 첫사랑은 더더욱)
애잔했고 열정적이었으며
아주 불같은 사랑이었다고
아름답고 멋있게 포장해서
말할 때가 많지

그리곤 지금의 시련이나
상황의 책임을 상대에게 전가함으로써
자신의 불가피한 행동이나 선택을 정당
화시키고 자신의 존재를 과시하거나
초라함을 숨기곤 하지

(definition)
자아가 위협받는 상황에서,

무의식적으로 자신을 속이거나
상황을 다르게 해석하여,
감정적 상처로부터 자신을 보호하는
심리 의식이나 행위를 가리키는
정신분석 용어

주로 부정, 억압, 합리화, 투사, 승화 등의
방법이 일반적이다.

무드셀라 증후군
(Methuselah syndrome)

이성의 누군가를 만나고
마음이 끌려 관심을 가지게 되면
밀고 당기며 썸을 타다가
서로 사귀게 되지

그렇게 만남을 이어가다 좋아하게 되고
사랑할 때 드는 감정과 사랑을
확인할 때의 감성이 너무도 좋아

그 사람을 위해선 무엇이든 할 수 있을 것
같았던 많은 다짐들도 때론 사소한 것에
마음 상해 아파하고 사랑 자체를 의심하
는 자신을 발견할 때가 있지

그렇게 서로에게 포기하고 무뎌지는 감

정들 속에 습관처럼 서로를 챙기고 투정
과 짜증도 부리면서 잘 가고 있다고 자신
에게 사랑의 최면을 걸곤 하지

결국 감당할 수 없기에 헤어지고선
사랑의 추억으로 깊이 간직하는 건
그렇게라도 해야 초라하지 않으니까…

(definition)
추억을 아름답게 포장하거나
나쁜 기억은 지우고 좋은 기억만 남기려
는 심리 기억 왜곡을 동반한 일종의 도피
심리,

무드 셀라
(노아의 할아버지 969세까지 장수)

출처 : 상식으로 보는 세상의 법칙 : 심리
편 저자 이동귀

자기 충족적 예언
(Self-Fulfilling Prophecy)

이상하게 안 좋은 예감은 잘 맞는다고요?
그만큼 자신이 없고
최선을 다하지 않았다는 이야기죠!

사랑도 자기최면입니다.
"사랑한다! 사랑한다! 사랑한다!"
되뇌며 말해보세요

당신 앞에 그 사람이
달라 보일 겁니다.

내가 바뀌면 세상이 바뀌듯…

(definition)
자기가 믿고 생각하고 바라는 것이 실제
현실에서 충족되는 방향으로 이루어지는
현상. 한마디로 말이 씨가 된다는 이야기

본말 전도의 오류
(인과 혼동의 오류)

사귀는 초반부터 첫눈에 반했다, 이상형이다,
결혼하고 싶다, 설레발치는 남자!

그걸로 사랑의 깊이를 증명하려 하는 거야?
허걱!

그녀를 갖고 싶어(Sex) 아주 안달이 났구나?!
(나 원 다른 여자 만나도 그럴 거면서… ㅋㅋ)

(definition)
원인과 결과를 혼동하는 오류로 두 사건의 관
계를 잘못 파악해 전제와 결론을 뒤바꿔 추론
함으로써 발생하는 오류

결과와 원인의 관계를 원인과 결과의 관계로
오인하는 오류!

성급한 일반화의 오류
(fallacy of hasty generalization)

(Case one)
그 남자는 착한 사람이라고요?
님한테는 진실했었고
정말 사랑했다고요?

그 남자는 당신에게만
그렇게 특별하게 대해준 것이 아닙니다.

그 남자는 당신을 갖고 싶어
그랬던 겁니다.

fact가 헤어진 거면 안 되는 거죠.
남자가 진정 사랑했다면
끝까지 책임져야죠!
게다가 잡은 물고기 밥도 안 주고
나빠 잉~ㅎㅎ

(Case two)

다른 사람들도 너랑 같을 거라고 생각하
지? 천만에 ㅎㅎ
네가 이상한거야!
다른 사람들은 그렇지 않아!

인간은 누구나 이기적이라고는 하지만,
조금만 상대를 배려해 보면 어떨까?
네가 그 사람을 배려하지 않는데
그 사람이 널 배려해야 하는
이유가 없잖아?!
아무리 사랑하는 사이라도
언젠가는 지치게 되어있거든…

(definition)
논쟁에서 성급하게 제한된 증거를 가지
고 바로 어떤 결론을 도출하는 오류('하나
만 보면 열을 안다'는 말을 즐겨 하는데,
이 말처럼 위험한 말도 없다.)

출처 : 선샤인 논술 사전, 강준만,
2007. 12. 17. 인물과사상사

스노비즘(snobbism)

어리고 젊은 놈이 외제 차부터 시작해서
친구, 선배, 후배들 중에 누구누구가 있고

유명인이나 연예인과의 친분을
과시하는 남자들…
결국 본인의 무식이 뽀롱 날까 봐
두려운 거거든?!

남이 잘나면 뭐해? 본인이 잘나야지
그런 남자일수록 조심해
사짜 냄새 나니까…

여자 팔자 뒤웅박 팔자라고
아닌 건 아닌 거야!
조심해 속지 마세요

허세도 정도껏 해야지
남자는 말보다는 행동입니다.

(definition)
출신이나 학식을 공개적으로 자랑하며
허세를 부리는 속물근성을 일컫는다.

'Snob'에서 파생된 용어로
영국 작가 윌리엄 새커리가 집필한,
'The Book of Snobs'에서 희화한 이후
널리 사용되었다.
'Snob'들은 지식 자체를 배우는 것보다
전문가처럼 보이는데 더 노력한다.

또한 앞에서는 고상한척하지만 뒤에서는
금전이나 영예 등 눈앞의 이익에만 많은
관심을 가진다.

[출처] [시사상식]

피그말리온 효과
(Pygmalion effect)

한낮 조각도
간절하면 사람이 된다는데…

내 생각에 잘못되었다 하더라도
내 남자(아들)의 선택이기에
존중해주는 거 그게 사랑이 아닐까요?

남자란 동물들은
자신을 믿어주는 상대에게
실망을 주지 않기 위해 최선을
다한답니다.

내 남자에게 의심과 질책보다는
사소한 것부터 믿고 칭찬해봄이
어떠할지…

여자가 공감을 먹고 살 듯
남자들은 칭찬을 먹고 사니까…

(definition)
그리스신화에 나오는 조각가
피그말리온의 이름에서 유래한
심리학 용어이다.

긍정적인 기대나 관심이
사람에게 좋은 영향을 미치는 효과를
말한다.

학습된 무력감
(Learned helplessness)

엄마, 여자친구, 마누라의
자식, 남자친구, 남편에 대한
지속적인 구속과 잔소리는
학습된 무기력으로
그들을 자포자기하게 만든다.

왜냐하면 죽었다 깨어나도
그들의 마음에 딱 들게 할 수 없기
때문이다.

살려면 알아서 길수밖에…
불쌍한 남자들(자식)의 운명인 거지!

(definition)

피할 수 없는 힘든 상황을 반복적으로 겪게
되면 그 상황을 피할 수 있는
상황이 와도 극복하려는 시도조차 없이
자포자기 하는 현상이다.

피할 수 없는 혐오자극에 대한 노출이
학습된 무기력을 낳고
이는 우울로 이어질 수 있다.
(출처 : 상식으로 보는 세상의 법칙 : 심리편)

스톡홀름 증후군
(Stockholm syndrome)

이해가 없는 사랑은 폭력입니다.
어떠한 경우에도
폭력은 정당화될 수 없는 것이죠.

사랑이라는 이름으로 행해지는
집착(스토커포함) 과 음주폭력 등은
아시다시피 절대 사랑이 아닙니다.

그것만 빼면 아주 좋은 사람이라고요?
그건 치료가 필요한 질환이지
절대 사랑이 아닙니다.

학습된 무기력에서 벗어나십시오.
내가 나를 사랑해야
남도 나를 사랑하는 겁니다.

(definition)
공포심으로 인해
극한 상황을 유발한 대상에게
긍정적인 감정을 가지는 현상이다.

특히 생존이 위협받는 상황에서
가해자가 친절한 모습을 보이게 되면,
피해자의 자아(ego)는 이를 유일하게 생
존할 수 있는 방법으로 생각하게 된다.
(예 : 유괴, 납치, 데이트 폭력, 가정폭력 등)
출처 : 상식으로 보는 세상의 법칙

청야전술(淸野戰術)

죽고 못 살 정도로 진~짜 사랑했다고 하
면서도 헤어질 때는 주었던 선물까지 모
두 돌려받으려 하는 걸 보면

혹여 복수심에 치졸하게 상대(적군)를
지치고 피곤하게 하는 건가요?!

경제적으로 큰 도움이 되는 것도 아닌데
알량한 자존심 때문에 그러는 건가요?

아니면 사소한 모든 추억까지 회수해서
행여 불현듯 대면하게 될 사랑의 아픔을
사전에 예방하기 위한 마지막 배려일까요?

(definition)
주변에 적이 사용할 만한
모든 군수물자와 식량 등을 없애
적군을 지치게 만드는 전술.

리플리 증후군
(Ripley syndrome)

페이스북, 트위터, 인스타그램 등
셀카도 얼짱 각도로…

자신이 먹은 음식은 모두 맛집인 거처럼
블로그에 올리는 블로거들…

그리고 싸구려 '좋아요!' 의 숫자에
민감한 당신!

현실이 지루하고 힘들고
재미없는 거 이해해요.
왜냐하면 인생이란 게
원래 그런 거니까…

다른 사람 인생들도 별거 없어요,

다 그만그만해요
그 별거 없는 평범한 게
제일 좋은 거예요.

(definition)
현실 세계를 부정하고
허구의 세계만을 진실로 믿으며
상습적으로 거짓된 말과 행동을 일삼는
반사회적 인격 장애를 말한다.

[네이버 지식백과]
ex)사이비 교주

일반화의 오류
(Generalization error)

누군가를 안다는 건
그 사람을 이해하는 것을 의미한다.

그 사람에 대해 조금 안다고
그 사람을 규정하고 단정하지 마라!

나도 나를 잘 모를 때가 많은데
당신이 나에 대해 얼마나 안다고
나에 대해 떠들고 다니는지…

내게로 한발 더 다가오세요.^^

(definition)
부분을 전체로 착각하여 범하는
생각의 오류이다.

즉, "인간이나 사물 혹은 현상의 단면을 보고 저것(사람)은 당연히 저럴 것이다." 라고 미리 짐작하여 판단하는 오류이다.

가장 대표적인 예가 천동설과 지동설 (출처 : 위키백과)

뮌하우젠 증후군
(Münchausen syndrome)

세상에서 가장 중요한 일은
자립하는 법을 배우는 것이다.
-미셸 에켐 드 몽테뉴-

사랑한다는 이유만으로
온전히 자기 것인 남편은 뒷전이고

자식에게 올인하며
하나부터 열까지 챙기고 간섭하는
엄마라는 이름의 당신!

외롭고 불쌍한 중년의 남편은
반주로 소주잔을 기울이는데
자식의 성공만을 위해 희생하고
그것에 보람을 느끼죠

자식들이 부채의식을 간직한채
언젠가는 엄마를 알아주리라 믿으면서…

나중에 자식들의 부부 사이를 갈라놓는
시어머니, 친정엄마가 되는 것도 모르면
서ㅎㅎ

(definition)
타인의 사랑과 관심, 동정심을
유발하기 위해 자신의 상황을
과장하고 부풀려서 애기하는 행동으로
허언증(虛言症)의 하나

주로 신체적인 징후나 증상을 의도적으
로 만들어 내서 자신에게 관심과 동정을
이끌어 내는 정신과적 질환

스티그마 효과
(Stigma effect)

남자친구가 바람을 피웠다면
차라리 깨끗하게 헤어지는 게 정답이다.

만약 용서하기로 했다면
머릿속에서 바람피운 사실 자체를
삭제할 수 있어야 한다.

그렇지 않고 불안해서 수시로
핸드폰을 검사하고
뭐 했는지 꼬치꼬치 캐묻고 따진다면

사랑했던 추억조차 더럽혀지는
나를 죽이고 상대를 죽이는 행위이다.

특히 믿음에 충성하는

수컷들의 습성에 비추어 본다면
더더욱…

(definition)
'스티그마'는 빨갛게 달군 인두를
가축의 몸에 찍어 소유권을 표시하는
낙인을 가리킨다.
그래서 스티그마 효과를
'낙인 효과'라도 한다.

부정적으로 낙인찍히면
실제로 그 대상이 점점 더
나쁜 행태를 보이고,
또한 대상에 대한 부정적 인식이
지속되는 현상이다.

줄리의 법칙
(Jully's law)

브라질 출신의 소설가 파울로 코엘료는
그의 소설 「연금술사」에서

"자네가 무언가를 간절히 원하면 온 우주
가 그 소망이 이루어지도록 도울 걸세. 누
구나 간절히 원하면 이루어진다는 이 지
구의 위대한 진리 때문이야."라고 표현합
니다.

인간은 누구나 행복할 권리가 있습니다.

만약 지금 당신이 애인이나 남편과의 관
계에서 권태기나 소홀한 애정의 결핍을
느끼고 있다면 마음속으로 '사랑한다! 사
랑한다! 사랑한다!' 주문을 외워보십시오.

나를 버리면 그가 오는 법이니까요.

단지 당신 속에는 당신이 너무 많아
그 사람이 쉴 곳이 없었을 뿐입니다.

(definition)
마음속으로 간절히 바라는 일은
예상치 못한 과정을 통해서라도
필연적으로 이루어진다는 법칙이다.

성공과 행운은 인간의 간절한 바람과
의지에서 태어난다고 말함!

양가감정
(ambivalence)

누군가를 미워하고 있다면, 그 사람의 모
습 속에 보이는 자신의 일부분을 미워하
는 것이다. - 헤르만 헤세 -

사랑하기 때문에 미워한다는말,
일종의 애증의 관계인거죠.
그만큼 애정을 가졌기에 내뜻과는 너무
다른 그가 더욱 미운겁니다.

하지만 그도 나름 최선을 다한다면 조금
은 서툴더라도 따뜻한 시선으로 지켜봐
주세요.

사랑인 당신이 그사람(자식)을 믿지 못
하는데 이세상에 그누가 그사람을 믿겠

어요?!
열심히 한다고 하는데 잘안되는 본인은
또 얼마나 답답하고 힘들겠어요?!

진정 그사람(자식)을 사랑한다면 지적하
고 질타하기보다는 차라리 간절한 마음
으로 기도라도 함이….

(definition)
애정과 증오, 독립과 의존, 존경과 경멸
등 완전히 상반되는 감정을 동일대상에
대해 동시에 갖는 것을 말한다.

어떤 한 대상에 대해서, 전혀 정반대되는
감정을 동시에 느끼는 것.

인지 부조화 원리
(Cognitive Dissonance)

이혼건수 월간 9,169건 연간 11만 831건
'19. 12 / '19, KOSIS (통계청, 인구동향조사)

많은 부부들이 성격차이 등 여러 가지 이유
로 이혼을 합니다. 그리고 대부분 이혼의 귀
책사유가 상대방에 있다고 생각하죠.

근데 법륜스님의 말씀처럼 내가 버린 사람
을 다른 사람이 주워가서 잘 사는 거 보면
어쩌면 이혼의 원인이 상대에게 있는 것이
아니라 나에게 있는 것인지도 모르는 것이
죠.

내가 그것을 문제 삼기에 문제가 되는 것이지
있는 그대로의 상대를 인정한다면 어쩌면 그
건 그 사람의 특성일 뿐일지도 모르는 것이죠.

박수도 마주쳐야 소리가 나는 겁니다.
상대를 고쳐서 바꾸기보다는 있는 그대
로의 상대를 이해하고 인정하는 건 어떠
할지….

나도 나를 바꾸지 못하면서 왜 그렇게 상
대를 바꾸고 고치려고만 하는지….

(definition)
믿음과 현실이 서로 부딪쳐 혼란에 빠질
때 이것을 '인지 부조화' 라고 합니다.

이때 오류를 바로잡기보다는 생각을 바
꿔 버리는 것, 합리적인 결론보다 부조리
하더라도 자신의 믿음을 선택하는 것, 이
것이 바로 '인지 부조화의 원리' 입니다.
(예 : 이솝우화의 여우와 신포도)

사바나 원칙
(Savanna Principle)

현대의 인류는 사시사철 재배되는 당도 높은 과일과 고 과당 가공식품으로 인해 당의 과잉 시대에 살고 있습니다.

반면 과거 인류는 선사시대 때 경작된 곡식을 먹을 일도 없었고 탄수화물 에너지 의존도가 20%일 정도로 먹을 수 있을 때 많이 먹고, 남은 당과 영양분은 지방으로 축적하여 추운 겨울을 견딜 수 있게 했었죠. 그래서 굶으면서 다이어트하는 많은 사람들이 요요현상으로 인해 다이어트에 실패하는 겁니다.

굶으면 우리 몸에 언제 영양분이 들어올지 모르기 때문에 우리 몸은 기초대사량을 줄이고 게다가 근육량 또한 줄기 때문에(면역력 저하) 다시 음식물이 공급되면 그 영양분을 적게 이용하고 지방으로 저장하기 때문에 요요현상이 오며 마른 비만이 되는 것이죠!

현명한 다이어트 방법의 하나는 아침식사는 거르지 말고 꼭 먹으며 저녁식사는 될 수 있으면 가볍게 소식을 해서 우리 몸의 오토 파지(autophagy, 자가포식)의 원리를 이용하는 겁니다.

늦은 밤에 먹는 야식(치맥 등)이나 음주는 더더욱 안되고요 ㅎㅎ

(definition)
현재를 살고 있는 우리들 뇌가 아프리카 초원에서 수렵채집 생활을 하던 환경에 최적화되어 있기 때문에 현대인의 각종

심리와 행위를 분석하려면 그때 상황(약 1만 년 전쯤)으로 돌아가 보아야 한다는 것.

[출처] 진화심리학과 사바나 원칙|작성자 부기부

오토파지(autophagy, 자가포식)

세포 내 재활용 시스템.
세포 내에서 더 이상 필요 없어진 구성요소나 세포 소기관을 분해해, 다시 에너지원으로 재생산하는 현상.

오토파지에 이상이 생기면 헌팅턴 무도병과 치매, 파킨슨병 같은 퇴행성 뇌 질환과 암, 염증성 장 질환인 크론병 등 여러 대사 질환이 생길 수 있다는 사실이 밝혀졌다.

더닝-크루거 효과
(Dunning – Kruger effect)

소금물 방역'이 부른 코로나19의 2·3차
감염. 은혜의 강 교회 확진 66명으로….
[출처: 중앙일보]

신도의 손과 입에 소금물을 분사하는 잘
못된 감염 예방 방법으로 신종 코로나19
감염증 확진 환자가 발생한 경기도 성남
시 은혜의 강 교회.

그렇게 사회적 거리두기와 손 씻기 마스
크 하기 등 개인위생을 귀에 못이 박히게
이야기하는데 저런 근자감(근거 없는 자
신감)은 대체 어디서 오는 건지….

본인만 피해를 본다면야 뭐라 하겠냐 만

은 이건 아무리 과학적인 팩트를 이야기 해도 도무지 들을 생각을 하지 않으니….

문제는 그로 인해 많은 무고한 사람들이 피해를 입는다는….

(definition)
능력이 없는 사람은 환영적 우월감으로 자신의 실력을 실제보다 높게 평균 이상 으로 평가하는 반면, 능력이 있는 사람은 자신의 실력을 과소 평가하여 환영적 열 등감을 가지게 된다.

지나친 자신감 VS 지나친 신중함
"무지는 지식보다 더 확신을 가지게 한 다." – 찰스 다윈

"이 시대의 아픔 중 하나는 자신감이 있 는 사람은 무지한데, 상상력과 이해력이 있는 사람은 의심하고 주저한다는 것이 다." – 버트런드 러셀

언더 도그마 (Underdogma)

정서적 공감은 포유류와 영장류의 다른 종들도 가진 특성이지만, 인지 부담이 훨씬 더 크게 작용하는, 다른 개체의 고통을 추론하는 행위인 인지적 공감(예:역지사지)은 오직 인간만이 지닌 특성으로서 인간 사회성의 독특한 측면이다.

[출처] 장대익 005. 인지적 공감(역지사지의 관점 전환 능력)

이렇게 일반적인 사람이라면 보통 약자에게 동정심을 느끼고 강자에게는 반감을 가지곤 합니다.

드라마나 영화, 소설 등에 내포된 강자 = '악, 약자 = 선'이라는 상투적 구도와 자라면서 배우고 경험한 것들이 무의식에

축적되어 맹목적인 선악 판단에 영향을 미쳤던 것이죠.

그럼 '어금니 아빠' 이영학의 엽기적인 이중생활은 지금 어떤 결과를 낳았는가요?

'거대 백악종'이라는 희귀난치병을 앓는 본인과 병이 유전된 딸을 극진히 보살피는 미담의 주인공으로 사람들의 공감을 자극하고 절박하게 후원금을 요청하면서 후원해 준 돈을 유용해 고급차를 타고 성적 집착을 보이는 이중성을 보였습니다.

게다가 아내에게 성매매를 강요하고 딸의 친구를 성추행하고 살인 후 시신 유기까지….
인면수심의 범행을 저질렀죠. 그리고 한때 종종 커뮤니티 사이트나 중고나라, 유튜브 등 여러 곳에서 밥 먹을 돈이 없다고 계좌 올리고 힘드니 도와달라는 인터넷 구걸….

사람들의 동정심을 이용하는 신종 거지 인가요?ㅋ
실제로 힘들고 절박한 사람들도 간혹 있 겠지만 대부분은 상습적이고 거짓인 신 기한 광경 약자 코스프레입니다.

(definition)
힘의 차이를 근거로 선악을 판단하려는 오류로, 맹목적으로 약자는 선(善)하고, 강자는 악(惡)하다고 인식하는 현상이다.

제4부
영혼결혼식靈魂結婚式

영혼결혼식靈魂結婚式

고 윤석 작사
채 재은 작곡
박 채영 노래

차가운 너의 얼굴 그 위로
흘러내린 내 눈물
이젠 널 떠나보내는 거야

함께 해야 했는데
내가 널 지켜야 했는데

언젠간 널 잊고 나
너 없는 시간 속에 살아간다 하지만

니가 그리 원하던 나와의 결혼식을
나는 지금 꼭 하고 싶어

더 이상 널 이제 외로운 그 하늘길에서
나 없는 서글픔 들 속에
혼자만 쓸쓸히 가게 할 수는 없는걸

내 널 위해서 내 영혼까지도
모두 너에게 주고만 싶은데

차라리 널 대신할 수 있다면
그보다 더 큰 축복 내겐 없을 거야

창백한 니 얼굴에 씌어진 면사포로
다시 깨어난다면 나 얼마나 좋을까
커다란 행복을 너에게 주고 싶은데

더 이상 널 이제 외로운 그 하늘길에서
나 없는 서글픔 들 속에
혼자만 쓸쓸히 가게 할 수는 없는걸

내 널 위해서 내 영혼까지도
모두 너에게 주고만 싶은데

차라리 널 대신할 수 있다면
그보다 더 큰 축복 내겐 없을 거야!

나는 널 사랑하는, 잊지 못해하는
페인이 되어도 나는 괜찮아

니 영혼이 편히 쉴 수 있다면
네 곁에 항상 있고 싶어

영 원 토 록

이 글은 1998년도에 작사한 글입니다.
비록 음반은 망했지만
참 아쉬웠던 작품이죠.

나중에라도 돈을 많이 벌면
다시 녹음하고 싶었던 곡입니다.

영혼결혼식 1

비극적인 절망에도
희망의 불빛은 있어야지요

나로 인해 조금이나마 당신이
그곳에서 편히 쉴 수 있다면

하루하루 살아지는 빈껍데기일 뿐이라도
저는 아무상관 없습니다

추울 때 비로소 따뜻함의 고마움을 알고
슬플 때 비로소 편안함의 의미를 깨닫듯

사소한 일상 같았던 당신은 제게
이번 생에 주어진 단 하나의 사랑입니다

그곳에서 당신께 드린 내 영혼과
못다 한 사소함으로 편안하십시오

주어진 책임들에
이 몸뚱이 같이 못가 미안합니다

사랑합니다

영혼결혼식 2

'지나치게 미워하지 말라고
미움이 지나치면 어느덧
그 사람을 닮아갈 수 있다고…'

이기적인 가족의 모습에 고통받는 내게
네가 위로하며 한말이야

그래 너는 그런 사람이었지
행복해지기 위해
마음에 보톡스를 맞은 것처럼

자기방어를 위해
억지로 현실을 왜곡하지 않는

자신의 문제를 흔쾌히
인정할 줄 아는 그런 사람이었어

알아? 당신은 이 세상에서 내가
엄마 다음으로 제일 사랑하는 사람인 걸?

엄마가 내게 생명을 주신 분이듯
당신도 내 삶에, 생명의 숨결을
불어넣어 줬으니까

그렇기에 내 숨결 같은 이 영혼은
당연히 당신 것이 맞는 거야

이번 생에 내게 사랑은
당신 하나면 되니까

마음은 굴뚝같지만
이 몸뚱이 같이 못가 미안해

사랑합니다

영혼결혼식 3

삶이란 본래
그런 보잘것없는 존재라고

너를 위해서라도
더는 인생 낭비하지 말고

나를 위한 인생을 살라고
눈물 머금은 눈빛으로 너는 말했지

잡은 손을 놓아야만 하는 것도
결국은 살기 위해 하는 짓이니까

진정한 사랑 또한 의지하기보다는
홀로 설 수 있어야 하는 거니까

하지만 너 없는 하늘이 무슨 소용이며
너 없는 세상의 공기를 어찌 마실 수 있겠니?!

감당할 수 있을 만큼의 시련이라면
이를 악물고 악착같이 버틸 수도 있
겠지

피할 수 없고 통제할 수 없는
혐모스럽기까지 한 너의 부제

몰라 이번 생生은 망한 거 같아
초라한 영혼이지만 받아주면 좋겠어

이 몸뚱이 같이 못가 미안해
사랑한 만큼 눈물겨운 사람아

편안하소서

사랑합니다

영혼결혼식 4

엉망이 되어버린 깜깜한 현실에
허우적거리는 느낌이야

한때 우린 가슴 뜨거운 열정에
서로를 빠져들게도 만들었었고

함께할 미래를 약속하고 꿈꾸며
냉철한 이성의 호소에도 귀 기울였었는데

수긍하고 싶지 않은
잔인한 진실

너를 데려간 하늘에게
진정 하나만 간절히 묻고 싶어

내게서 너를 데려갈 정도로
내가 그렇게 별 볼일 없었던 건지

뺏어가서 내가 버려질 정도로
과분한 너에게 안 어울리는 존재인지

비루한 영혼이지만
그녀와 함께할 수 있게 허락하소서

모진 이 몸뚱이는 지은 죄가 많아
더 큰 죄를 지을 수 없기 때문입니다

허許하소서

사랑합니다

한 없이 사랑하는 내 운명의 사랑아

영혼결혼식 5

같은 일을 경험했어도
사람들마다 기억은 다르다더니

내게 기억되는 너는
어여쁨…미소 짓게 되는 행복이야

마지막 창백하고
싸늘한 체온만 빼면…

세상에서 가장 달달했던 너의 목소리
조심스레 입술에 전해오던 너의 숨결

영원을 담보할 순 없는 거지만
영원을 약속했던 순수했던 정열情熱들

염치없는 바람이지만
내 작은 영혼만이라도 받아줬으면 해

이 몸뚱이 같이 못가 미안하지만
지금 내가 줄 수 있는 전부인 걸

소원합니다 편안하소서

사랑합니다

영혼결혼식 6

자원을 공유했던 원시사회도 아니고
인류는 사랑을 소유하게 진화됐다고 합니다

제 사랑이 유치하다고 하셔도
당신만큼은 모든 걸 걸고 갖고 싶었습니다

모든 사람을 사랑하시는 하나님도
나만은 좀 더 특별히 더 사랑해 주셨으면 하듯

나만 독점하고 싶은 욕구!
당신을 진짜 사랑하기 때문이었습니다

마음이 열리고, 봄이 열리고
영혼이 연결되며 미래를 약속했던 우리

이미 당신과 하나가 된 나의 영혼을
가시는 길 외롭지 않게 데려가십시오

이 몸뚱이 같이 못가 미안하지만
지키지 못한 죗값은 치르고 가야죠

소망합니다 편안하소서

사랑합니다

영혼결혼식7

굳어버린 심장으로
남겨진 시간들을 어떻게 버텨야 할지

곤궁한 생활 속에서도
니가 내 속에 가득 차 행복했었는데

Case by case 인생엔 정답이 없다지만
너 없는 난 이미 틀린 거 같아

하지만 니가 그곳에서
내 영혼과 편안할 수 있다면

어쩌겠어 널 위해서라도 이겨내야지
또다시 젖은 몸을 일으켜야지

사랑했던 내 단 하나의 사람아!
못났지만 내 영혼 잘데리고 계세요

이 몸뚱이 같이 못가 미안하지만
그 언젠가 반드시 함께할 날 있겠죠

발원發願합니다 평온하소서

사랑합니다

영혼결혼식 그 후 이야기
사혼식 死婚式

Dear : 눈물겨운 나의 사랑 ○○에게

아둔하고 비루한 나의 몸은 비록 너와 함께
하지 못하지만, ○○야 이 편지는 납골함에
동봉할 테니 사랑하는 내 마음과 숨결만은
언제나 너와 함께라는 걸 알아주었으면 해.

어제는 너의 부모님과 우리 부모님을 모시
고 조그마한 사찰에서 영혼결혼식을 했단
다. 지금이리도 네가 그렇게 그리던 나와의
결혼식을 이렇게나마 하게 되어 조금은 마
음이 놓이는구나

원래 죽은 사람과 산사람의 영혼결혼식은
거의 잘 하질 않는다고 대부분 안 해주려고
하는데 다행히 인연이 닿은 스님께서 해주
셔서 어찌나 한결 마음이 홀가분한지….

미안하구나!
너 살아있을 때 결혼을 좀 서두를 걸 하는

후회도 들지만 이렇게라도 사랑하는 나의 진심을 표현할 수 있어 조금은 위안도 되지만, 미안하고 미안하다. 만감이 교차하는구나!

하지만 주위의 많은 만류에도 불구하고 너와의 영혼결혼식을 서두르고 강제한 이유는 전생에 이루지 못한 사랑은 후생에 다시 만나 사랑을 이룰 가능성이 없다고 해서란다.

비록 너와 나 서로 깊이 사랑했기에 영혼의 탯줄로 연결되어 끊어질 수 없다지만 청실홍실로 한 번 더 서로를 연결한다면 다음 생에는 좀 더 빨리 서로를 찾을 수 있지 않을까?!

물론 내 심장에 너를 각인해 레테의 강! 망각의 강에 빠져도 내 너를 절대 잊지 않겠지만 간절함이 깊으면 하늘도 감동한다고 다음 생에는 절대 너를 놓치고 싶지 않기 때문이야.

하긴 내 육신과 영혼에 이미 체득된 너의 체취와 감정, 손길, 습관 하나하나가 나로

하여금 널 꼭 찾게 하겠지만 행여 다음 생
네가 날 못 알아볼까봐 그게 두렵구나!

그래도 어제 날 위로하시려 그러셨겠지만
스님께서 영혼결혼식이 아주 잘 돼서 너도
참 행복한 얼굴로 미소 지었다고 하시니 무
너지는 마음속에서도 한결 마음이 편안하
구나.

그러니 너도 내가 갈 때까지 그곳에서 편안
하게 지냈으면 한다. 지금도 내가 원통하고
하늘이 무너질 듯 슬픈 것도 내가 없어 슬
퍼할 너의 모습들이 그려져 죄책감과 미안
함이 밀물처럼 끝도 없이 밀려와 비통하고
아픈 거란다.

사랑하는 ○○아!
나는 절대 너 없으면 안 되는 사람이란다.

내 그곳에 갈 때까지 널 꼭 잊지 않고 간직
할 테니 그곳에서 너도 초라하지만 내 영혼
을 잘 구슬려서 데리고 있었으면 좋겠구나.
알다시피 내가 좀 성격이 특이하잖아?!
'생명이 주어졌다는 건!
열심히 살아야 할 의무가 있는 거라고…'

언제나 입버릇처럼 말한 너의 말처럼 나도
내게 주어진 시간까지는 열심히 그리고 틈
틈이 좋은 일도 하면서 너와의 만남을 준비
할게!

그러니 눈물겹고 사랑하는
단 하나의 내 사랑!

미안하고…
또 미안하지만
그때까지 날 잊지 말고
기다려 주었으면 한다.

한없이 사랑하는
내 운명의 사랑아!

그리고 네가 허락한다면
다음 생에도 너와 나
사랑하는 연인으로

다시 만나 못다 한 지금의 사랑을
원없이 함께 나누었으면 해!

알콩달콩 지지고 볶으면서….

영혼결혼식의 실제 사례

1) 통일교 문선명의 둘째 아들 故 문흥진과
발레계의 전설적인 인물인 문훈숙(박훈숙)
의 영혼결혼식!

문흥진 군이 18살 나이로 미국 유학 중 교통
사고로 요절하자 당시 문선명의 측근이었
고, 다음가는 실세 자리를 바라던 박보희는
딸인 발레리나 박훈숙을 문흥진과 영혼결
혼식까지 치러 주었다.

이것이 박훈숙이 문훈숙으로 개명해 대외
활동을 하게 된 까닭이다. 이후 조카를 입
양해서 사는데, 문훈숙은 언론인터뷰에서
이 영혼결혼식을 나쁘게 보지 않았다.

본인도 독실한 통일교 신자인 데다가 비록
잠깐이었지만, 살아 생전 만난 적도 있었기
때문이다.

문훈숙은 강수진과 더불어 대한민국 발레
의 전설로 꼽힌다. 유니버설 발레단에서 발
레리나로 활동하다가 현재는 유니버설 발
레단의 단장이다.

2) 한국에서 가장 유명한 영혼결혼식!

1982년 2월 망월동 묘역에서 5.18 당시 시민
군 대변인으로 활동하다 마지막 날 전남도
청에서 숨진 윤상원과 1978년 연탄가스 중
독으로 사망한 노동운동가 박기순의 영혼
결혼식이 거행되었다.

이를 내용으로 하는 노래굿 '넋풀이'에 수
록된 노래가 바로 두 사람에게 헌정된 곡인
임을 위한 행진곡이다.

3) 자살로 생을 마친 배우 정다빈도 2011년
부모의 주선으로 영혼결혼식을 올렸다고
한다.

4) 영혼결혼식을 올려 주고서 그걸로도 모
자라서 혼인신고서까지 대신 내준 용자들
이 실제로 있었다!

당연히 그런 신고는 수리할 수 없다는 것이
대법원의 유권해석(호적선례 3-248).

(출처 : 나무위키)

내 아버지의 명복冥福을 빕니다

상실(喪失)
영원한 이별
통곡을 해도 되돌릴 순 없죠

미안함과
죄책감이 더해져
멈춰지지 않는 슬픔이 있더군요

새 옷을 갈아입기 위해
단지 헌 옷을 벗는 거라지만
머리와는 너무 다른 애절한 마음

애증의 시간만큼
더더욱 사무치는 애달픔에
당신 없는 하늘이 어떻게 살아질지

슬픔은 오롯이 남겨진 자의 몫이라지만
자식으로 영원히 연결되는 당신을
가슴 깊이 간직하며…

꿋꿋하고 열심히 살아볼게요

한없이 사랑하는 내 운명의 사랑아!

초판 발행일 / 2020년 4월 20일
지은이 / 고윤석
편집 / 조동원
발행처 / 뱅크북
출판등록 / 제2017-000055호
주소 / 서울시 금천구 가산동 시흥대로 123 다길
전화 / 02-866-9410
팩스 / 02-855-9411
전자우편 / san2315@naver.com
ISBN / 979-11-90046-08-4 (03810)